Alphonse Dubrueil

Manuel operatoire des resections

Antigonos

Alphonse Dubrueil

Manuel operatoire des resections

Réimpression inchangée de l'édition originale de 1871.

1ère édition 2024 | ISBN: 978-3-38814-539-6

Antigonos Verlag est une marque de Outlook Verlagsgesellschaft mbH.

Verlag (Éditeur): Outlook Verlag GmbH, Zeilweg 44, 60439 Frankfurt, Deutschland, info@outlook-verlag.de
Vertretungsberechtigt (Représentant autorisé): E. Roepke, Zeilweg 44, 60439 Frankfurt, Deutschland
Druck (Imprimerie): Libri Plureos GmbH, Friedensallee 273, 22763 Hamburg, Deutschland

MANUEL OPÉRATOIRE

DES RÉSECTIONS

PARIS. — IMP. SIMON RAÇON ET COMP., RUE D'ERFURTH, 1.

MANUEL OPÉRATOIRE

DES RÉSECTIONS

PAR

A. DUBRUEIL

CHIRURGIEN DES HÔPITAUX
PROFESSEUR AGRÉGÉ DE LA FACULTÉ DE MÉDECINE DE PARIS

PARIS
F. SAVY, LIBRAIRE-ÉDITEUR
24, RUE HAUTEFEUILLE, 24
1871

Les résections devenues des opérations usuelles, constituent une des conquêtes de la chirurgie moderne.

Comme ouvrage d'ensemble sur ce sujet, nous ne possédons cependant encore en France que la traduction du Traité des résections d'Heyfelder.

J'ai donc pensé qu'il y aurait un certain intérèt à réunir les préceptes tracés dans les monographies qui traitent de telle ou telle résection en particulier, de façon à ce que le lecteur puisse trouver réunies les règles relatives à chaque résection.

MANUEL OPÉRATOIRE

DES RÉSECTIONS

Par résection, on entend l'ablation d'une partie du système osseux pratiquée sans enlever les parties molles ambiantes, et surtout sans léser les vaisseaux et les nerfs importants. On peut reséquer un os en totalité, une portion d'os, épiphyse ou diaphyse, et enfin les parties contiguës de deux ou plusieurs os voisins ou, en d'autres termes, une articulation. Nous distinguerons donc des résections totales, des résections partielles et des résections articulaires.

Une question importante, quand on aborde l'histoire des résections, est celle du périoste. Il faut, sans contredit, le conserver autant que possible; en agissant ainsi, on évite de s'éloigner de l'os et de léser les organes ambiants, et l'on obtient peut-être aussi une reproduction plus prompte et plus régulière, mais on ne doit pas non plus s'en préoccuper outre mesure. Je reproduis ici, quoique n'y attachant pas une grande importance, les règles opératoires formulées par Ollier, pour ce qu'il appelle les résections articulaires sous-périostées ou sous-capsulo-périostées.

1° Incision longitudinale droite ou sinueuse dans la direction de l'axe du membre.

2° Ouvrir dans toute sa longueur, et le plus tôt possible, la capsule, pour explorer les surfaces articulaires et apprécier la profondeur de l'altération osseuse. L'incision de la gaîne périostéo-capsulaire doit être unique comme l'incision cutanée.

3° Luxer les os avant de les scier. Cette règle ne s'applique pas aux résections des extrémités inférieures du radius et du cubitus, du tibia et du péroné, qu'il est préférable de scier sur place, surtout quand on ne resèque qu'un des deux os du membre.

4° Si l'altération osseuse remonte dans le canal médullaire plus haut que le trait de scie, il faut creuser avec la gouge les parties altérées ; on doit rejeter l'évidement direct des grandes articulations.

Les instruments usités dans la pratique des résections comprennent, outre ceux que l'on emploie pour les amputations, une série d'instruments destinés, les uns à protéger les parties molles, les autres à dénuder les os, d'autres à les diviser. Certains enfin servent à les extraire.

Pour protéger les parties molles contre l'action de la scie, on emploie des plaques de bois, de carton, etc., des écarteurs, la spatule, la sonde cannelée et mieux encore la sonde à résection de Blandin.

On se sert de cette dernière dans les résections des os longs des membres, et on l'engage entre l'os et les parties molles, de façon que l'os soit embrassé dans la concavité de la courbure qui la termine. Lorsqu'elle est ressortie du côté opposé,

on la retourne sur son axe, et le côté concave, celui sur lequel
se trouve creusée la gouttière, est ainsi dirigé vers l'os. Cette
gouttière est destinée à arrêter la scie, lorsque la section est

Fig. 1. — Scie à crête de coq. — Écarteur.

opérée et à l'empêcher de léser les parties molles sous-ja-
centes.

M. le docteur Nicaise a modifié avantageusement la sonde
de Blandin en la rendant flexible.

Fig. 2. — Scie à crête de coq. — Pince-rugine-gouge de Nélaton.

Les instruments employés pour isoler les os sont, en dehors
des bistouris et des ciseaux, des spatules et des rugines.

Pour sectionner les os, on emploie les scies ordinaires,
les scies en crête de coq, celles de Larrey, de Langenbeck, de

Martin, de Stromeyer, de Butcher, de Charrière, de Bonnet, de Dupré, l'ostéotome de Heine, et enfin la scie à chaîne de Aitken, d'un usage bien plus fréquent.

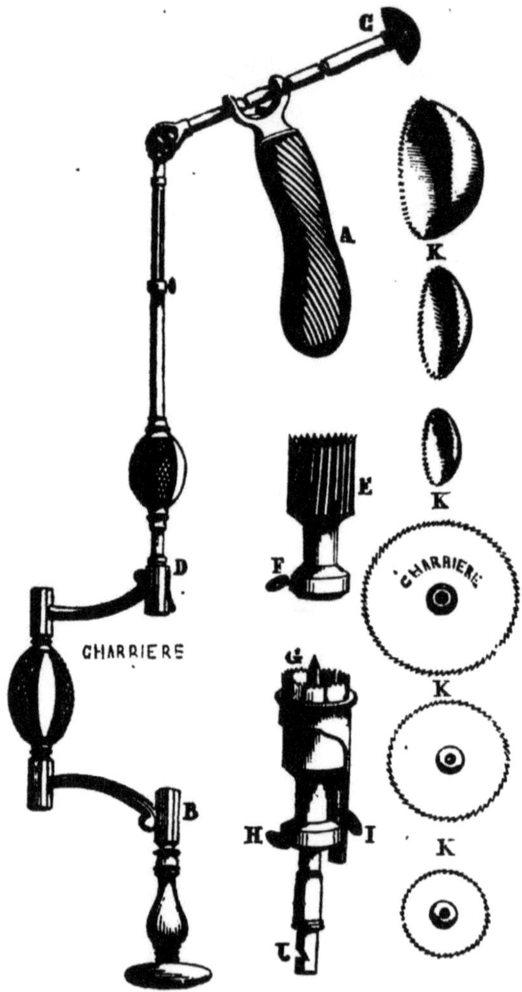

Fig. 3. — Scie à champignon de Martin.

La scie à chaîne est munie à chaque extrémité d'une petite poignée se fixant au moyen d'un crochet. On en détache un, lorsqu'on veut introduire la chaîne sous l'os ; pour glisser

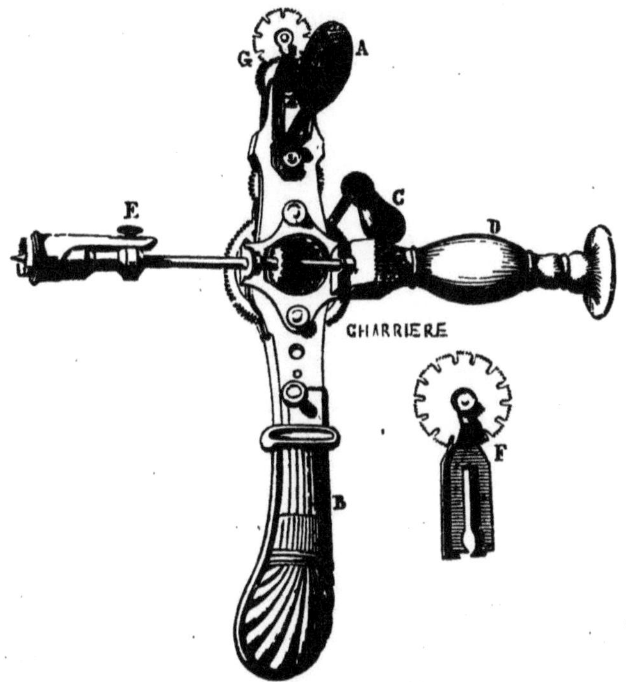

Fig. 4. — Scie de Charrière.

cette dernière, on se sert, soit d'une grande aiguille courbe

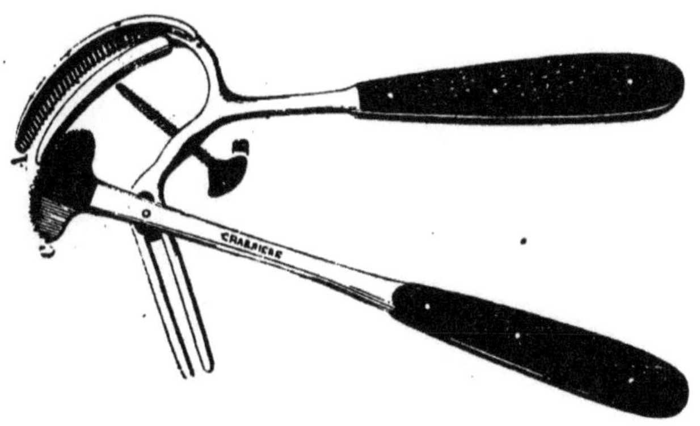

Fig. 5. — Scie de Bonnet, de Lyon.

en argent, soit d'un stylet aiguillé flexible, réunis à l'extrémité de la chaîne par un fil résistant. Dans certains cas, par exemple, quand on veut scier la voûte palatine avec la scie à chaîne, on se sert pour l'introduire de la sonde de Belloc.

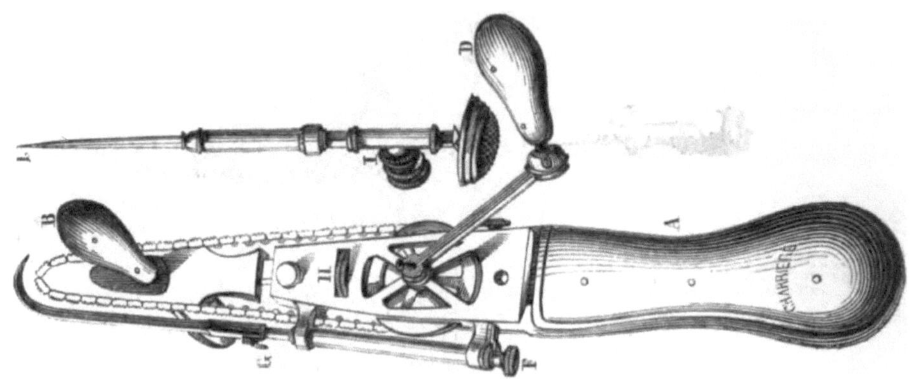

Fig. 6. — Scie de Heine.

La scie mise en position, on détache le fil et on replace la poignée. Quand on la met en mouvement, il faut, autant que

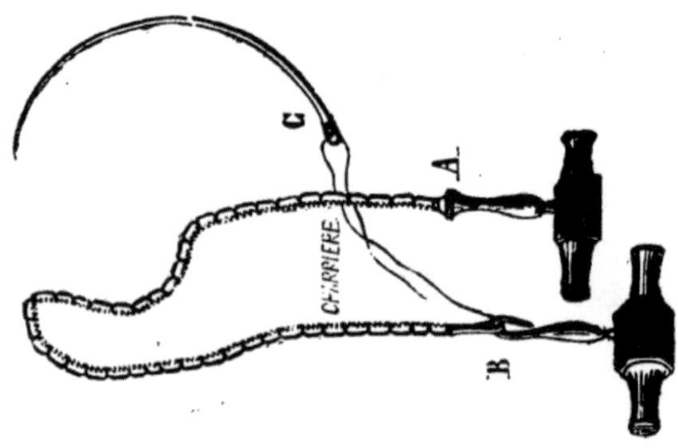

Fig. 7. — Scie à chaîne.

possible, ne pas rapprocher les deux poignées ; elle marche ainsi plus facilement et est moins exposée à s'arrêter. Si elle

est arrêtée, il faut la dégager en la repoussant et non pas
s'obstiner à tirer, ce qui peut en entraîner la rupture.

M. Matthieu a eu l'idée de monter la scie à chaîne sur un
arbre courbe, ce qui permet de la manier d'une seule main.

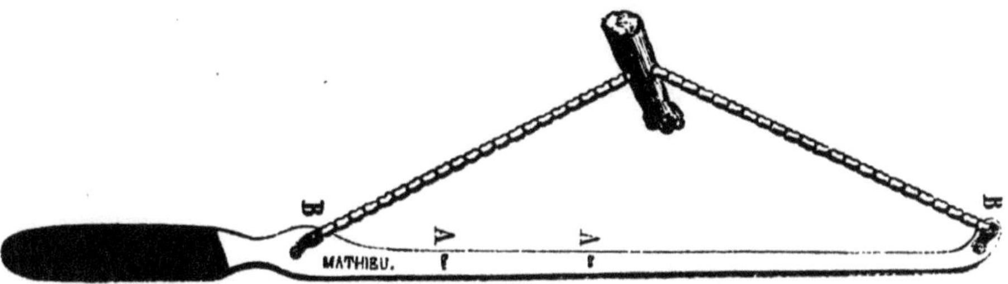

Fig. 8. — Scie à chaîne montée sur un arbre.

Je n'ai pas besoin de dire que la scie se sépare de l'arbre,
et coupe sur le côté qui regarde ce dernier.

Je ne décris pas ces différents instruments ; à ces descrip-
tions toujours ennuyeuses on doit, je crois, préférer des des-
sins explicatifs.

Le cisailles de Liston, les pinces coupantes, le ciseau, la

Fig. 9. — Gouge et burin de Legouest.

gouge et le maillet sont aussi employés pour les résections.
Les différentes espèces de trépan, les tréphines sont mises en
usage dans certaines circonstances.

Il est assez difficile d'établir des règles précises relativement à la longueur des portions d'os qu'il est permis d'exciser.

D'une façon générale, on est autorisé à dire que les résections peuvent être plus étendues au membre supérieur qu'à l'inférieur, en raison de leurs rôles différents.

Il est bon de rappeler ici que chaque fois que l'excision dépasse les limites du cartilage épiphysaire, l'accroissement de l'os est arrêté de ce côté.

Je dirai une fois pour toutes que, dans les résections, le chirurgien peut modifier les incisions classiques, d'après certaines indications spéciales fournies par les solutions de continuité déjà existantes des téguments, et, autant que possible, comprendre dans l'incision les clapiers, les décollements, les fistules à orifice externe.

Quant au pansement, il varie suivant les cas. Lorsqu'on veut obtenir de la mobilité, on maintient écartées les surfaces de section et, au bout de quelque temps, on imprime des mouvements à la partie. Si l'on recherche l'ankylose, on rapproche les surfaces et on immobilise le membre.

RÉSECTION

DES ARTICULATIONS DU MEMBRE SUPÉRIEUR

RÉSECTION DE L'ÉPAULE

Sans vouloir décrire l'articulation de l'épaule, je rappellerai que la tête humérale est recouverte par le deltoïde, que sur elle s'insèrent, au niveau du trochiter et du trochin, les muscles sus-épineux, sous-épineux, petit-rond et sous-scapulaire. Du côté interne est le paquet vasculo-nerveux. Les surfaces articulaires qui ne s'emboîtent pas et entre lesquelles la capsule permet un écartement notable, ne sont pas difficiles à séparer l'une de l'autre, mais un point important consiste à ne pas diviser, dans le cas où il a été respecté par la lésion qui a rendu l'opération nécessaire, le tendon de la longue portion du biceps qui, parti de la portion supérieure du bourrelet glénoïdien, traverse l'articulation et va s'engager dans la coulisse bicipitale de l'humérus.

On sait le rôle important que joue, à l'état normal, le deltoïde, pour maintenir les surfaces articulaires en contact ; c'est en outre, on se le rappelle, presque à lui seul qu'est dévolue l'élévation du bras sur l'épaule. Il est donc important, quand on pratique la résection de l'épaule, de sectionner le deltoïde de façon à lui conserver les meilleures conditions possibles d'innervation et de nutrition. Or, pour cela, il ne faut pas oublier que c'est au niveau de la partie moyenne du bord postérieur du muscle que pénètrent le nerf qui l'anime (nerf circonflexe ou axillaire), et son artère principale (circonflexe postérieure.) On comprend qu'il est du plus haut intérêt de les ménager.

De nombreux procédés ont été mis en usage pour la résection de l'épaule. Dans les uns, on ne fait qu'une incision rectiligne, dans d'autres, on forme un lambeau ou deux lambeaux ; enfin il est un procédé dans lequel on taille un lambeau et l'on fait en outre une incision. Nous allons les passer successivement en revue.

PROCÉDÉS A UNE SEULE INCISION RECTILIGNE.

Incision verticale en dedans.

White et Larrey pratiquaient une incision verticale partant du sommet de l'acromion et s'arrêtant à quatre ou cinq pouces plus bas. Dans ce procédé, comme du reste, dans tous ceux employés pour la résection de l'épaule, l'incision ou les incisions doivent diviser non-seulement la peau, mais encore le muscle deltoïde.

Incision verticale en avant.

Langenbeck fait une incision beaucoup plus longue ; il la prolonge jusqu'à 11 centimètres au-dessous de l'acromion.

Baudens faisait une incision longue de cinq pouces, commençant immédiatement en dehors de l'apophyse coracoïde et suivant le sillon qui sépare le deltoïde du grand pectoral. Il arrivait de prime abord sur l'articulation, et coupait ensuite transversalement et sans intéresser la peau les deux lèvres du deltoïde dans l'étendue de dix lignes de chaque côté au niveau de l'angle supérieur de la plaie.

Robert et Malgaigne faisaient une incision verticale, commençant au niveau du sommet du triangle coraco-claviculaire ; ils coupaient du premier coup la peau, le deltoïde et la capsule.

PROCÉDÉS A LAMBEAU.

UN SEUL LAMBEAU.

Lambeau arrondi.

A base antéro-supérieure. — Stromeyer fait partir du bord postérieur de l'acromion une incision courbé de dix centimètres, convexe en arrière. Il ouvre l'articulation en haut et en arrière.

A base postéro-supérieure. (Procédé de l'auteur.) — J'ai renversé l'incision de Stromeyer, c'est-à-dire, que je fais partir du sommet de l'apophyse coracoïde, une incision courbe. de dix centimètres convexe en avant et en bas. Je signalerai plus loin les avantages que je crois attachés à ce procédé.

A base supérieure. (Procédé de Morel.) — Morel fit une incision demi-circulaire à convexité inférieure, commençant et se terminant au niveau de deux fistules placées, l'une en avant, l'autre en arrière du moignon de l'épaule. Il forma ainsi et disséqua un lambeau, détachant complétement l'insertion humérale du deltoïde.

(Procédé de Nélaton.) — Nélaton commence son incision à un centimètre en dedans et au-dessous de l'articulation acromio-claviculaire, contourne ensuite le bord externe de l'acromion en passant à un centimètre et demi plus bas.

Il s'arrête en arrière au niveau du point de jonction de l'acromion et de l'épine scapulaire.

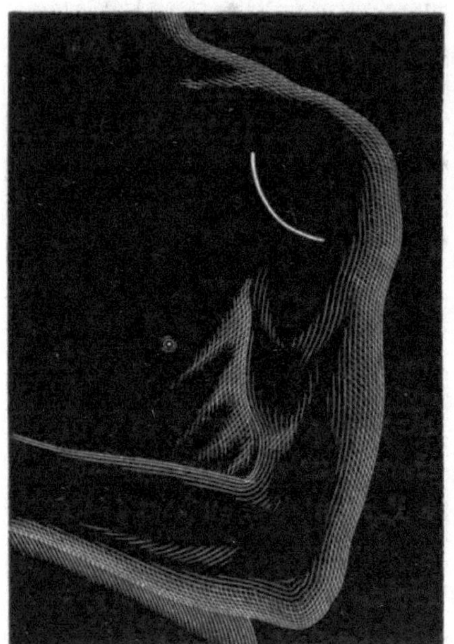

Fig. 10. — Procédé de l'auteur.

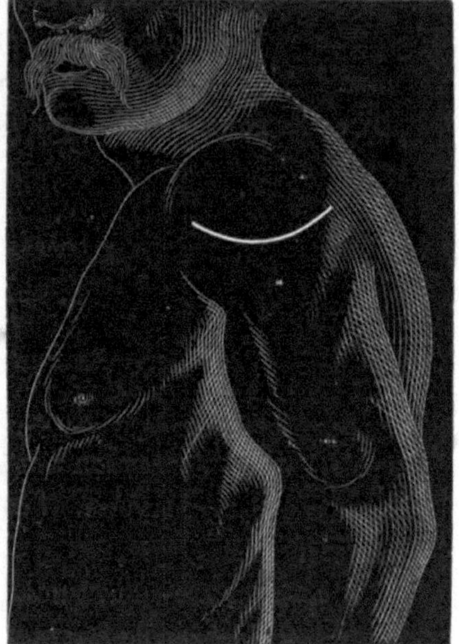

Fig. 11. — Procédé de Nélaton.

Lambeau triangulaire.

A base supero-postérieure. (Procédé de Syme.)—Syme commence par faire comme White, une incision verticale sur la partie moyenne du deltoïde, puis, de l'extrémité inférieure de cette incision, il en fait partir une autre plus courte se dirigeant en arrière vers l'épine du scapulum.

A base supérieure. (Procédé de Sabatier, Gouraud, Smith, Sanson et Bégin.) — Sabatier taillait dans le deltoïde un lambeau triangulaire à base supérieure, qu'il excisait ensuite.

Gouraud, Smith, Sanson et Bégin ont formé le même lambeau mais sans l'exciser.

A base postérieure. (Procédé de Champion.)

A base antérieure. (Procédé de Nève.)

Dans ces deux procédés, la branche supérieure du V est horizontale ; l'inférieure est oblique en bas et en arrière dans le premier, en bas et en avant dans le second.

Lambeau quadrilatère.

A base supérieure. (Procédé de Moreau fils et de Manne.) — Moreau fils et Manne formaient un lambeau quadrilatère ou trapézoïde à base supérieure.

PROCÉDÉS A DEUX LAMBEAUX.

PROCÉDÉ DE MOREAU PÈRE.

Moreau père faisait deux incisions verticales, l'une en avant, l'autre en arrière, longues de trois pouces et distantes l'une de l'autre de quatre pouces. L'incision postérieure commençait quelques lignes au-dessous de l'acromion. Ces deux incisions étaient réunies en haut par une section transversale qui coupait les chairs à six lignes au-dessous de l'attache supérieure du deltoïde. Il avait ainsi un lambeau large de quatre pouces et long de trois, qu'il renversait sur le bras après l'avoir détaché de l'os.

De chaque extrémité de l'incision transversale, il en faisait partir une nouvelle ; l'antérieure se dirigeait vers l'extrémité externe de la clavicule et la postérieure vers l'épine scapulaire. Il avait ainsi un second lambeau à base *supérieure*.

DEUX LAMBEAUX ANGULAIRES OU EN T.

Bent pratiquait l'incision de White, plus une incision trans‑
versale dont le milieu correspondait à l'extrémité supérieure
de la première.

Bromfield plaçait la section transversale au-dessous de la
verticale au lieu de la faire au-dessus.

PROCÉDÉ A UN LAMBEAU ET A UNE INCISION.

Buzairiès pratiquait d'abord une incision verticale comme
White ; mais de la partie supérieure de cette dernière, il en
faisait partir deux autres, l'une en avant, l'autre en arrière,
vers l'acromion. On a ainsi un petit lambeau supérieur du
sommet duquel part l'incision verticale.

PROCÉDÉ DE RÉSECTION SOUS-CAPSULO-PÉRIOSTÉE D'OLLIER.

Je reproduis textuellement la description de l'auteur rapprochant tous les temps
de l'opération.)

Premier temps. — Incision cutanée et intermusculaire. —
Le coude étant écarté du tronc de manière que l'humérus
fasse un angle presque droit avec l'axe du corps, de 60 à 80°,
on fait une incision au niveau de l'interstice qui sépare le
grand pectoral du deltoïde ; si cet interstice ne se sent pas
sous la peau quand on écarte le coude du tronc, on fait partir
l'incision du bord interne ou de la pointe de l'apophyse coracoïde, et on la dirige en bas et en dehors dans le sens des
fibres du deltoïde. Dans les cas où l'on sent distinctement
l'interstice et où l'on fait l'incision à son niveau, il faut s'occuper de protéger la veine céphalique qui le longe. Pour ne

pas la mettre à nu, on sacrifie quelques fibres du deltoïde, en faisant porter l'incision non pas exactement dans l'interstice musculaire, mais à quatre ou cinq millimètres en dehors, dans le tissu du muscle. Le bord interne de la plaie, formé par le grand pectoral et comprenant la veine céphalique, est éloigné par des crochets mousses. Le bord externe, formé par le deltoïde, est saisi de la même manière et écarté. On a alors la tête humérale sous les yeux.

Deuxième temps. — Incision de la gaîne périostéo-capsulaire et dégagement des insertions musculaires et capsulaires. — On ouvre immédiatement et dans toute sa longueur la capsule par une incision dans le sens de l'incision extérieure, en dehors du tendon du biceps, parallèle à ce tendon. On la prolonge en bas sur le périoste selon la longueur d'os qu'on veut enlever. On saisit alors la rugine ou le détache-tendon (rugine droite), et l'on commence la dénudation de la tubérosité externe à petits coups et en faisant relever par un crochet mousse la capsule à mesure qu'on la mobilise. On détache aussi les insertions des sus et sous-épineux et du petit-rond. Pendant ce temps de l'opération, un aide est chargé de tourner l'humérus en dedans. On s'occupe ensuite du côté interne ; on écarte le tendon du biceps, et en faisant tourner l'humérus en dehors, l'insertion du sous-scapulaire se présente d'elle-même au détache-tendon. Une fois la tubérosité interne dépouillée, l'opérateur saisit le bras à sa partie inférieure, luxe l'humérus en haut, et pendant que les aides continuent à écarter et à protéger les parties qu'on leur a confiées, il poursuit avec le détache-tendon la séparation des insertions postérieures de la capsule. On peut alors dénuder de haut en bas le col chirurgical, la partie supérieure de la diaphyse humérale, jusque vers le milieu de l'os en détachant les insertions du grand pectoral, du grand dorsal et du deltoïde.

Troisième temps. — Section de l'os. — Par la facilité qu'on a de faire saillir la tête humérale à la hauteur qu'on désire, la section de l'os s'opère immédiatement avec la scie à chaîne ou toute autre scie, selon la préférence de l'opérateur.

Quatrième temps. — Résection de la cavité glénoïde. — Le plus souvent il suffira d'abraser la cavité avec la gouge.

Pour réséquer le col, il faudra détacher préalablement avec la rugine, du pourtour de la cavité glenoide, toutes les parties fibreuses qui s'y insèrent.

Des reproches divers peuvent être adressés à quelques-uns de ces procédés.

Les procédés de White et de Langenbeck donnent une plaie à travers laquelle il n'est pas toujours facile de faire sortir la tète humérale et qui ne permet guère d'enlever la cavité glénoïde, s'il y a lieu.

En outre, le deltoïde étant coupé à sa partie moyenne, toute la portion du muscle située en avant de la section a perdu ses rapports avec le nerf circonflexe et, par conséquent, se trouve paralysée.

L'incision de Malgaigne et de Robert n'expose pas à ce dernier inconvénient, mais on lui reproche de ne pas donner non plus beaucoup de jour pour l'opération et d'être dans le voisinage des troncs vasculaires et nerveux de l'aisselle. Le procédé d'Ollier a, avec le précédent, trop d'analogie pour exiger un traitement particulier. Quant à la conservation du périoste, je l'ai dit une fois pour toutes, il faut le conserver quand on peut, mais on ne doit pas s'en préoccuper outre mesure.

Le procédé de Stromeyer coupe le nerf axillaire et l'artère circonflexe postérieure. Celui que je propose et que j'ai du reste employé une fois sur le vivant donne la plus grande facilité pour les temps suivants de l'opération et pour ménager le tendon de la longue portion du biceps dans les cas où il est encore intact.

Le procédé de Morel expose à la section du nerf et de l'artère principale du deltoïde.

Celui de Nélaton ne les divise pas, et n'intéressant en somme que le faisceau moyen du deltoïde, il laisse intacts l'antérieur et le postérieur.

Les lambeaux triangulaires et quadrilatères, en dehors des inconvénients que quelques-uns d'entre eux empruntent à la section du nerf circonflexe sur un point rapproché de celui où il pénètre dans le muscle, encourent le reproche général d'exposer à la mortification des angles qui les terminent.

Quant à l'excision du lambeau que pratiquait Sabatier, elle a été, et à juste raison, complétement laissée de côté.

En somme, le procédé de Robert, celui de Nélaton et le mien me paraissent préférables, ces deux derniers surtout, lorsqu'on croit devoir ruginer ou retrancher la cavité glénoïde, après l'ablation de la tête humérale.

Le temps suivant, celui qui consiste à détacher la tête humérale de la capsule et des muscles qui s'insèrent sur le trochiter et sur le trochin est plus ou moins facile, selon que l'on a fait une simple incision ou que l'on a formé un lambeau.

Larrey et Langenbeck se servaient, pour pratiquer cette section, d'un bistouri boutonné, mais on emploie généralement le petit couteau avec lequel on a fait le premier temps de l'opération.

Les deux lèvres de l'incision étant écartées par des aides à l'aide de dilatateurs, ou bien le lambeau où les lambeaux étant soulevés, le premier soin du chirurgien doit être de sauvegarder le tendon de la longue portion du biceps, lorsqu'il n'a pas été préalablement détruit ou rompu par la lésion ou la maladie qui a motivé la résection.

Pour arriver à ce résultat, ce qu'il y a de mieux à faire, c'est de chercher le point où le tendon sort de la capsule et pénètre dans la coulisse bicipitale, et lorsqu'on l'a trouvé, on incise la capsule sur le trajet du tendon ou mieux un peu à côté.

Cela fait, le chirurgien porte de la main droite le couteau sur les insertions humérales de la capsule, tandis que de la main gauche, il tient le coude. S'il opère sur le bras gauche, il le place d'abord dans une rotation en dehors un peu forcée et le porte ensuite doucement dans la rotation en dedans.

Pour le bras droit, on fait une manœuvre inverse ; après l'avoir tourné en dehors, on le tourne en dedans. Ce mouvement de rotation que l'on peut à la rigueur faire exécuter par un aide, a pour effet de rendre plus facile la section de la capsule et surtout celle des tendons des muscles insérés sur les tubérosités humérales. Il faut avoir soin de faire décrire au couteau un demi-cercle vertical complet, en commençant et terminant un peu au-dessous de la tête humérale. On divise ainsi la capsule et les tendons péri-articulaires ; on achève de couper les liens fibreux qui peuvent encore maintenir l'humérus, et il ne reste plus alors qu'à scier la tête, ce que l'on fait avec la scie à chaîne, beaucoup plus commode en ce cas que la scie ordinaire.

Chassaignac recommande de commencer par sectionner le col de l'humérus avec la scie à chaîne, et de désarticuler ensuite en renversant avec un davier le fragment détaché. Cette méthode, applicable à quelques cas, me paraît en général inférieure à celle que j'ai d'abord exposée.

La tête humérale enlevée, si la cavité glénoïde paraît saine, on la laisse telle quelle ; si elle est superficiellement altérée, on se contente de la cautériser ou de la ruginer. Mais quand la lésion est plus profonde, il faut l'enlever en sectionnant le col de l'omoplate. La gouge et le maillet dont, on se servait autrefois dans ce but étaient assez incommodes. Les cisailles sont infiniment préférables.

Fergusson a fait fabriquer des cisailles dont une lame est convexe et l'autre concave. Nélaton se sert d'une forte pince incisive qui ressemble à une tricoise.

RÉSECTION DU COUDE

L'articulation du coude, type du ginglyme angulaire, est fortement serrée. C'est en arrière qu'elle est le plus superficielle ; aussi est-ce par la partie postérieure qu'on l'attaque. On n'a ainsi guère à se préoccuper ni de l'artère humérale et de ses branches, ni des nerfs médian et radial qui se trouvent en avant. Reste en arrière le nerf cubital, placé entre l'olécrâne et l'épitrochlée, sous les insertions du muscle cubital antérieur. On doit donc, quand on approche de ce point, prendre des précautions pour éviter de le léser.

Je vais d'abord classer les différents procédés de résection du coude suivant le mode de division des parties molles ; je m'occuperai ensuite de la section des os.

PROCÉDÉS A UNE SEULE INCISION.

Park essayant la résection sur le cadavre crut devoir s'en tenir à une seule incision longitudinale postérieure commençant à deux pouces au-dessus de l'olécrâne et se terminant à deux pouces au-dessous. Mais il ajoute que cette incision serait probablement insuffisante pour une articulation malade, et il propose de couper l'incision longitudinale par une section transversale.

Maisonneuve emploie l'incision unique et médiane de Park.

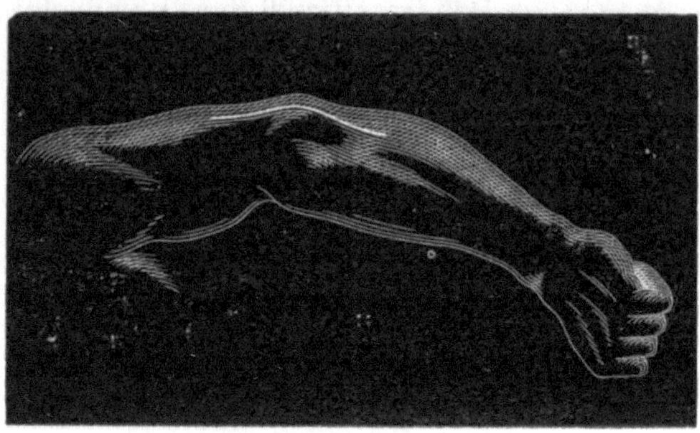

Fig. 12. — Procédé de Park.

Langenbeck a fait aussi une seule incision mais au côté interne de la partie postérieure de l'articulation, tandis que Chassaignac la place en dehors et un peu en arrière.

PROCÉDÉ A DEUX INCISIONS.

Jeffray pratiquait deux incisions latérales et soulevait ainsi un pont de parties molles placées derrière le coude.

PROCÉDÉS A UN SEUL LAMBEAU TRIANGULAIRE.

Textor faisait deux incisions qui partant des tubérosités externe et interne de l'humérus, venaient se réunir au-dessus de l'olécrâne. Il avait ainsi un lambeau triangulaire à base inférieure.

Nélaton pratique une incision verticale longeant le bord externe de l'humérus et s'arrêtant au niveau du col du radius, point où elle se réunit avec une incision transversale. Je dirai ici, une fois pour toutes, que les incisions transversales pratiquées dans les différents procédés de résection du coude,

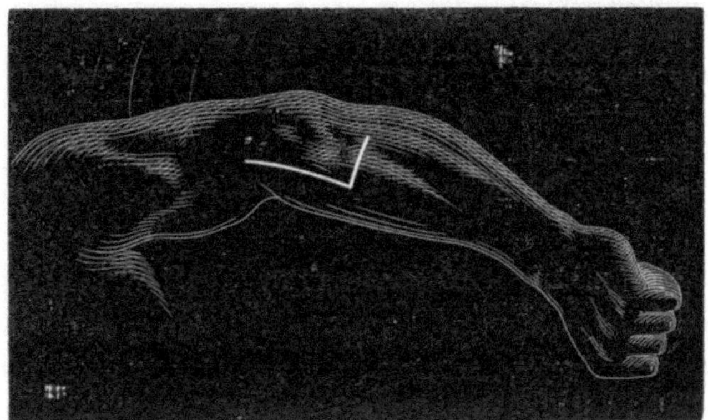

Fig. 15. — Procédé de Nélaton.

doivent s'arrêter un peu en dehors de [la gouttière dans laquelle est logé le nerf cubital, afin de ne pas le léser.

PROCÉDÉ A UN LAMBEAU ET UNE INCISION.

Jones, dans un cas où il pensait avoir à enlever une portion considérable de l'humérus, commença par former le lambeau de Textor ; puis, de chaque branche du V, il fit partir une incision suivant le côté correspondant de l'avant-bras, et du sommet du V, une incision verticale remontant sur la partie postérieure du bras.

PROCÉDÉ A DEUX LAMBEAUX QUADRILATÈRES.

Moreau et son fils pratiquaient deux incisions longitudinales s'étendant en dedans et en dehors, sur la partie postéro-inférieure du bras et postéro-supérieure de l'avant-bras ils les réunissaient ensuite par une section transversale passant immédiatement au-dessus de l'olécrâne.

Ces chirurgiens coupaient le nerf cubital.

Les procédés de Dupuytren et de Velpeau ne diffèrent du précédent, au point de vue de la division des parties molles, qu'en ce que ces chirurgiens conservaient intact le nerf cubital.

DEUX LAMBEAUX TRIANGULAIRES.

Roux faisait sur le côté externe du membre une incision longitudinale de douze à quatorze centimètres, moitié sur le bras, moitié sur l'avant-bras. Puis sur la partie moyenne de cette incision, il en faisait tomber perpendiculairement une autre transversale, partant du milieu de la partie postérieure du bras au niveau de l'olécrâne.

Ces deux sections réunies avaient la forme d'un T.

Au lieu de faire l'incision longitudinale en dehors, M. Thore la fait sur la ligne médiane, et son incision transversale s'étend du condyle externe sur le milieu de la première.

Liston et Jæger pratiquaient l'incision longitudinale en dedans sur le trajet du nerf cubital; l'incision transversale était au niveau de l'articulation.

PROCÉDÉS AVEC EXCISION.

Manne pratiquait deux incisions demi-circulaires, l'une à la partie postéro-inférieure du bras, l'autre à la partie postéro-supérieure de l'avant-bras, réunissait ensuite les deux extrémités de l'incision supérieure à celles de l'incision inférieure par deux sections longitudinales et excisait le lambeau ainsi délimité.

Sédillot qui, lorsqu'il n'a à enlever que l'extrémité inférieure de l'humérus, se contente d'une incision à convexité supérieure tombant sur le sommet de l'olécrâne, recommande quand il faut enlever toute l'articulation, de pratiquer sur la face postérieure du coude deux incisions semi-lunaires circonscrivant l'olécrâne entre elles et s'étendant de chaque côté aux condyles de l'humérus. La peau comprise entre ces deux incisions est enlevée.

Les téguments et les muscles de la partie postérieure étant divisés, reste à sectionner et à enlever les os malades, mais il faut préalablement les dénuder, les disséquer, dissection qui varie naturellement suivant la forme de l'incision ou des incisions. Le danger est ici de léser le nerf cubital.

Bien que les travaux modernes nous aient appris qu'après sa division, et quand les deux bouts ne sont pas trop éloignés, un nerf peut se régénérer et récupérer ses fonctions, bien que dans deux cas où le nerf cubital a été coupé pendant la résection du coude, une fois par Roux, une autre fois par Syme, les parties qu'il innerve aient recouvré leur sensibilité et leur motilité, il est infiniment préférable de le ménager.

Quant à l'artère humérale, à ses branches de bifurcation, aux nerfs médian et radial, leur blessure impliquerait une faute grave de la part de l'opérateur.

Pour éviter de léser le nerf cubital, il faut, d'une façon générale, quand on se rapproche du côté interne de l'article, appuyer perpendiculairement sur les os le tranchant du bistouri ou mieux de la rugine, afin d'éviter les échappées. En outre, lorsqu'on est arrivé sur sa gaîne, on l'incise en dehors du nerf qu'on dégage, et qu'on peut au besoin faire protéger par un assistant à l'aide d'un écarteur.

On doit, autant que possible, quand on dénude les os au côté externe de l'articulation, ne pas séparer les fibres du vaste externe de celles de l'ancôné. On conserve ainsi un lien actif qui contribue à prévenir un trop grand écartement entre les os. C'est là le précepte formulé par Dupré. Voici, du reste, comment procède ce chirurgien : après avoir pratiqué l'incision postérieure et médiane de Park, il dissèque le côté externe de l'olécrâne et la tête du radius et ouvre l'articulation huméro-radiale ; il dénude ensuite le côté interne de l'apophyse olécrânienne, en tenant le bistouri comme je l'ai indiqué ci-dessus, pendant qu'un aide cherche à écarter en dehors les os de l'avant-bras de l'humérus, de façon que l'axe de l'avant-bras forme avec celui du bras un angle à sinus interne. Le nerf cubital fuit ainsi au-devant du bistouri. Les ligaments divisés, on achève de luxer les os et on scie l'humérus, soit avec une scie à chaîne, soit avec toute autre en protégeant alors les parties molles du côté antérieur avec la sonde de Blandin, une lame de carton, etc. Puis on scie les deux os de l'avant-bras isolément ou séparément. Ce qu'il y a de plus simple, c'est de les faire tenir solidement par un aide dans la position horizontale et de les scier simultanément d'avant en arrière.

Je n'insisterai pas sur la méthode qui consiste à enlever tout d'une pièce la partie inférieure de l'humérus et l'extrémité supérieure du radius et du cubitus sans ouvrir l'articulation. Elle ne doit être mise en usage que dans les cas d'ankylose.

L'employer quand les os ne sont pas soudés, c'est rendre à plaisir l'opération plus difficile, et, qui pis est, c'est commettre une faute des plus graves, car c'est sur l'examen direct des surfaces articulaires que l'on se fonde pour savoir quelles sont les portions osseuses à réséquer. Or je n'ai pas besoin de dire que cet examen ne peut être pratiqué qu'après ouverture préalable de l'article.

Park et Dupuytren sciaient l'olécrâne à sa base pour faciliter la luxation en arrière de l'extrémité inférieure de l'humérus ; Maisonneuve imite cette conduite qui a, en outre, pour effet de conserver l'attache inférieure du triceps, et partant l'action de ce muscle, quand l'olécrâne se soude à la portion conservée du cubitus. Bruns, pour assurer d'une façon plus certaine le maintien des fonctions du triceps, scie l'olécrâne à sa base et le fixe par une suture métallique à la portion restante du cubitus. Quand il trouve la surface articulaire de l'olécrâne cariée, il enlève la partie malade.

Voici comment procède Nélaton, dont le *modus faciendi* n'est guère que la reproduction de celui de Roux, sauf les différences que j'ai signalées dans les incisions. Après avoir disséqué et relevé son lambeau triangulaire, Nélaton ouvre l'articulation huméro-radiale, porte le radius en dehors et le scie au-dessous de sa tête avec la scie à chaîne ou toute autre. Il désarticule alors le cubitus, en scie la partie supérieure qu'un aide fait saillir en dehors ; il isole ensuite l'humérus des muscles qui l'entourent et le divise à son tour. Le nerf cubital est ainsi très-facilement respecté.

RÉSECTION SOUS-PÉRIOSTÉE (OLLIER).

Ce chirurgien emploie ici deux procédés, l'un applicable aux tumeurs blanches, aux arthrites suppurées et aux lésions traumatiques ; l'autre, qui sert pour les cas d'ankylose.

Voici le premier.

Premier temps. — Incision de la peau et pénétration dans la capsule articulaire. — Le sujet étant couché sur le côté opposé, et l'avant-bras étant à angle de 130° sur le bras, on fait une incision à la région postérieure et externe, au niveau de l'interstice qui sépare le long supinateur de la portion externe du triceps. On commence cette incision sur le bord externe du bras à 6 centimètres au-dessus de l'interligne articulaire; on la poursuit en bas jusqu'au niveau de l'épicondyle; de là on la dirige obliquement en bas et en dedans jusqu'à l'olécrâne. Le bistouri change de direction et suit le bord postérieur du cubitus jusqu'à 4 ou 5 centimètres, selon la longueur d'os qu'on pense avoir à reséquer. Tout le long du cubitus, l'incision doit arriver jusqu'à l'os. On divise ensuite dans la partie supérieure de l'incision l'aponévrose, pour pénétrer entre le triceps, d'une part, et le long supinateur, puis le premier radial de l'autre. On commence la dénudation de l'os, et l'on ouvre largement la capsule articulaire dans le sens de l'incision extérieure.

Dans la partie moyenne et oblique, l'incision suit approximativement l'insterstice qui existe entre le triceps et l'anconé.

Deuxième temps. — Dénudation de l'olécrâne et renversement du triceps en dedans. — On étend un peu l'avant-bras; on fait écarter avec des crochets mousses la lèvre interne de la plaie, et, avec le détache-tendon, on sépare le tendon du triceps, en ayant bien soin de respecter sa continuité avec le périoste cubital; c'est le point le plus important. On écarte le muscle ou plutôt le lambeau cutanéo-musculo-périostique, à mesure qu'on le détache, et on le renverse en dedans. On achève de dénuder le pourtour de l'olécrâne, et l'articulation se trouve déjà largement ouverte en arrière.

Troisième temps. — Détachement du ligament latéral externe, luxation de l'humérus et complément de la dénudation de l'os. — On reprend la dénudation sur le condyle externe de l'humérus, on détache la lèvre externe de la plaie capsulaire, et l'on dépouille ainsi toute la tubérosité externe de l'humérus. Par un effort très-modéré, on luxe alors l'humérus en dehors, et son extrémité apparaît avec ses attaches capsulaires et ligamenteuses internes et antérieures qui, se trouvant renversées de bas en haut, par le fait de la luxation de l'humérus, sont successivement détachées avec le détache-tendon ; la luxation devient plus complète à mesure qu'on sé-pare ces adhérences.

Quatrième temps. — Section de l'os. — On aura soin, avant de sectionner l'os, de compléter la dénudation circulai-rement sur le point où doit porter la scie. On peut scier l'os de différentes manières, mais ce qu'il importe de recom-mander, c'est de ne pas tirailler violemment l'avant-bras ou les lèvres de la plaie, de crainte de voir le périoste se décoller plus haut que le point où doit porter la scie.

Cinquième temps. — Dénudation et section des os de l'avant-bras. — On dénude de leur périoste et de leurs attaches liga-menteuses le radius et le cubitus, et on les coupe le plus habituellement avec une cisaille, à cause du ramollissement des os enflammés. On doit commencer généralement par le radius.

OPÉRATION POUR LE CAS D'ANKYLOSE (OLLIER).

Premier temps. — Double incision des parties molles et protection du nerf cubital. — Nous faisons une première in-cision de six centimètres sur le côté externe et postérieur du membre.

Une deuxième incision de trois ou quatre centimètres est faite sur le côté interne, en dedans du nerf cubital, au niveau du bord interne de l'humérus. Cette incision est faite avec précaution, car elle sert à s'assurer du nerf, qu'on met à nu dès qu'on a incisé l'aponévrose. Dès que le nerf est aperçu, on saisit avec un large crochet mousse tous les tissus de la lèvre interne de la plaie, y compris le nerf cubital, qui ne peut plus alors être lésé. On fait l'incision externe de manière qu'elle puisse se prolonger sur l'olécrâne, comme dans le cas précédent, et permettre alors de faire une résection plus étendue.

Deuxième temps. — Section de l'os. — Les lèvres antérieures des deux plaies étant écartées, on passe la scie à lame étroite de Langenbeck ou une scie d'horloger sous le triceps, et l'on sectionne l'os d'arrière en avant. Pour ne pas léser les parties molles antérieures, on n'achève pas la section avec la scie ; on laisse une couche mince qu'on fracture.

Dans les cas où il existe des fistules au niveau de l'épitrochlée, on peut se servir d'une de ces fistules pour passer la scie, qu'on introduit en rasant l'os ; mais pour peu que la fistule soit sur le trajet du nerf cubital, il faut s'assurer de la situation de ce dernier, en agrandissant l'ouverture.

Troisième temps. — Résection d'un seul ou des deux fragments. — Une fois l'os sectionné, on se trouve dans les conditions d'une articulation mobile, et l'on retranche une plus ou moins grande longueur du fragment inférieur ou de chacun des deux fragments, selon l'état des parties osseuses. On détache le triceps par la section de l'olécrâne.

Une question importante se présente plus spécialement pour l'articulation du coude, bien qu'elle puisse être soulevée pour les autres. C'est la suivante :

Un os étant trouvé sain dans l'articulation, doit-on le laisser en place ou le réséquer ?

La solution est plus difficile qu'elle ne paraît l'être au premier abord, car bien qu'il semble naturel de laisser en place une surface articulaire qui paraît saine, on s'expose, en agissant ainsi, à retarder la guérison et à voir l'os, qui paraissait à l'état normal, s'altérer consécutivement.

Les procédés les meilleurs sont ceux dans lesquels on ménage le plus les parties molles. A cet égard, celui de Park et de Maisonneuve mérite la préférence. On lui reproche, il est vrai, de ne pas donner suffisamment de jour ; mais ce reproche est peu fondé. En somme, le procédé de Park et celui de Nélaton me paraissent ceux sur lesquels le choix doit porter. Celui d'Ollier, à part ce qui a trait à la conservation du périoste, ne présente pas d'avantages sérieux. Je ferai cependant observer que tous les procédés sont applicables.

RÉSECTION DU POIGNET

Constituée par la première rangée du carpe et l'extrémité inférieure des os de l'avant-bras, l'articulation du poignet est beaucoup plus superficielle et plus facilement attaquable en arrière et sur les côtés qu'en avant, où l'on rencontre non-seulement des muscles nombreux, mais encore les artères radiale et cubitale, ainsi que les nerfs médian et cubital. Aussi, dans les divers procédés de résection, attaque-t-on l'articulation en arrière ou sur les côtés.

La résection peut porter tantôt isolément sur les os de l'avant-bras ou sur ceux du carpe dont on enlève la première ou les deux rangées, ou bien à la fois sur l'extrémité inférieure du radius et du cubitus et sur les os du carpe. On a quelquefois enlevé en même temps l'extrémité supérieure des métacarpiens.

Je ferai observer que, dans les procédés de résection du poignet, sauf dans ceux que je signalerai, l'incision cutanée doit s'arrêter aux téguments et ne pas intéresser les tendons.

PROCÉDÉS A UNE SEULE INCISION LONGITUDINALE.

Maisonneuve pratiqua une longue incision (de vingt centi-mètres) dorsale et médiane ; puis, écartant les tendons en dedans et en dehors, il ouvrit l'articulation, fit saillir les extrémités inférieures du radius et du cubitus et les réséqua avec une scie ordinaire. Ce premier temps terminé, à l'aide d'une petite pince incisive, il extirpa successivement tous les os du carpe. Il ne lésa dans cette opération ni tendon, ni nerf, ni artère.

Danzel place l'incision en dehors. Voici comment il pro-cède : il fait une incision longitudinale de six centimètres à peu près, dont le milieu correspond à l'apophyse styloïde du radius. Il arrive sur les tendons du long supinateur et des extenseurs du pouce, les écarte, dénude le radius et le divise avec la scie à chaîne. Il fait ensuite saillir le cubitus dans la plaie et le coupe avec la scie ordinaire. Enfin il enlève avec de forts ciseaux courbes ceux des os du carpe qui lui semblent malades.

Bœckel place l'incision sur le côté externe de la face dor-sale ; il opère de la façon suivante :

Premier temps. — Dégagement des parties molles. — Il commence par rechercher la partie dorsale du deuxième mé-tacarpien, puis, de la base de cet os et dans la direction de son axe, il fait partir une incision qui se termine à deux ou trois centimètres au-dessus de l'extrémité inférieure du radius. En pénétrant plus avant, il ouvre d'abord la gaîne du deuxième radial externe et le détache à son insertion inférieure. Plus haut, il croise la direction du long extenseur du pouce, décolle avec la rugine ce muscle du radius et dégage de chaque côté la face dorsale de l'os.

Deuxième temps. — Désarticulation du carpe. — L'opérateur ouvre l'articulation radio-carpienne ; puis la main étant fortement fléchie et l'inclinaison du cubitus faisant saillir le carpe dans la plaie, il le dégage au fur et à mesure sur ses deux faces, en se servant du bistouri et de la rugine. Si le crochet de l'unciforme ne se détache pas facilement, il le coupe à sa base et l'abandonne dans la plaie.

De même, le trapèze qui est en rapport avec l'articulation et les tendons du pouce, sera laissé provisoirement en place, ainsi que le pisiforme. Ils sont attaqués ultérieurement s'il y a lieu. Le chirurgien procède ensuite à la désarticulation carpo-métacarpienne avec le bistouri, aidé au besoin de la gouge.

Troisième temps. — Énucléation du trapèze. — Si cet os est reconnu malade, on le saisit dans la plaie avec une forte pince à griffes, et on le dégage circulairement à mesure qu'on l'attire. Le pisiforme est seulement évidé à la gouge pour ne pas interrompre la continuité du tendon du cubital antérieur.

Quatrième temps. — Résection des os de l'avant-bras. — On fait aisément saillir le radius et le cubitus par la plaie dorsale, et on les scie à la hauteur voulue.

Fearn a pratiqué la résection avec une seule incision cubitale.

PROCÉDÉ A DEUX INCISIONS LATÉRALES.

Dubled faisait deux incisions, l'une en dedans, l'autre en dehors. Commençant par la première, il isolait le cubitus,

sectionnait le ligament latéral interne, et, faisant porter la
main en dedans, il séparait la tête du cubitus du radius ; il
sciait ensuite le cubitus.

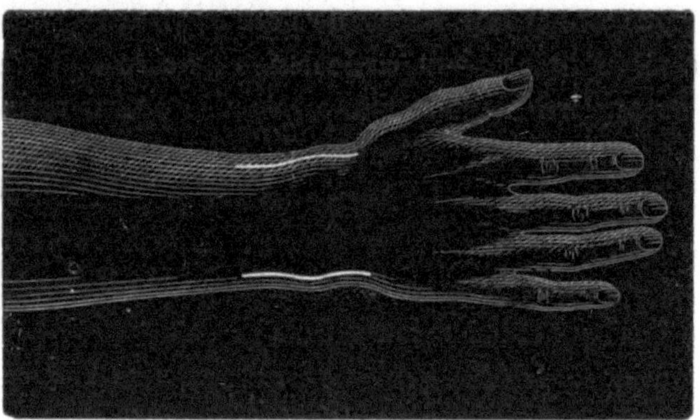

Fig. 14. — Procédé de [Dubled.

Procédant de même en dehors, il faisait porter la main dans
l'adduction et excisait la partie inférieure du radius.

PROCÉDÉ A DEUX INCISIONS EN L (MOREAU, ROUX, ETC.).

On fait sur la partie latérale des os de l'avant-bras, en se
rapprochant du plan antérieur et en évitant les artères, deux
incisions longitudinales qui s'arrêtent au niveau de l'articulation. Puis, chacune de ces incisions est coupée à son extrémité inférieure par une petite incision transversale, qui se
porte en dedans sur la face dorsale, et s'arrête sur les côtés
des tendons extenseurs.

On dissèque d'abord, en ménageant les tendons, le lambeau triangulaire ainsi formé en dedans ; on isole avec soin le
cubitus et on passe entre lui et le radius une compresse dont
un aide tire les extrémités vers ce dernier os pour porter les

chairs de son côté. On scie alors le cubitus et on enlève son extrémité inférieure, après l'avoir séparée du carpe et du radius. Le chirurgien fait ensuite pour le lambeau externe et pour le radius ce qu'il vient de faire en dedans. Il .peut, si besoin en est, enlever les os du carpe.

Tel est le procédé primitif; il a été ensuite plus ou moins modifié. C'est ainsi qu'on a prolongé l'incision cubitale jusqu'au niveau de l'extrémité postérieure du cinquième espace interosseux.

Pour n'être pas exposé à blesser l'artère radiale ou à couper les tendons extenseurs du pouce, Lister dirige son incision de la partie postérieure et médiane de l'extrémité inférieure du radius vers le côté interne de l'articulation carpo-métacarpienne du pouce, puis la porte plus en dedans et la termine en suivant la moitié supérieure du bord externe du deuxième métacarpien.

Après avoir isolé le radius, il passe à l'incision interne qui, commencée sur la face antérieure du cubitus à cinq centimètres au-dessus de l'apophyse styloïde, s'étend jusqu'à la partie moyenne du cinquième métacarpien. Il met à nu le cubitus et les os du carpe, désarticule ces derniers, puis resèque les os de l'avant-bras.

PROCÉDÉS A LAMBEAU.

Un seul lambeau à base inférieure.

Velpeau procédait de la façon suivante : il faisait sur les côtés externe et interne de l'avant-bras une incision commençant à la racine du pouce et à celle du cinquième métacarpien et se prolongeant en haut jusqu'à deux pouces au-dessus des apophyses styloïdes du radius et du cubitus, et réunissait la partie supérieure de ces deux incisions par une section transversale, Il avait ainsi un lambeau qu'il rabattait de haut en bas sur le dos de la main et qui laissait à découvert la partie postérieure de l'articulation.

Puis il désarticulait, détachait les chairs de la face antérieure des os, protégeait ces derniers avec une lamelle de bois, de carton, etc., et les sciait au-dessus de la partie malade.

Un lambeau à base supérieure.

Erichsen et Dürr forment un lambeau quadrangulaire, à base inférieure, tandis que Guépratte et Butcher taillent un lambeau semi-lunaire.

Butcher commence son lambeau en dedans de la tabatière anatomique, et épargne ainsi les tendons moteurs du pouce, mais il divise les tendons extenseurs des autres doigts.

Je ferai observer que, quelque précaution que l'on prenne, on coupe forcément le tendon du long supinateur, qui, s'insérant sur la partie inférieure du radius, est toujours divisé quand on resèque cette portion d'os.

Bonnet fait remarquer aussi que l'on peut, sans inconvénient, sectionner les tendons destinés à produire les mouvements du poignet, qu'on ne peut pas espérer conserver à l'opéré. Tels sont, en avant, le tendon du grand palmaire et du cubital antérieur ; en arrière, ceux du cubital postérieur et des deux radiaux externes.

D'autres enfin, tels que Green, Adelman, Stanley divisent tous les tendons dorsaux qui se présentent sous le couteau.

PROCÉDÉ A DEUX LAMBEAUX.

Ried a formé deux lambeaux dorsaux par une incision en II.

Voici comment Ollier pratique la résection sous-périostée du poignet.

Premier temps. — Incision de la peau et de la gaîne périostéo-capsulaire. — Incision longitudinale commençant à 2 ou 5 centimètres au-dessous de l'apophyse styloïde du radius et se portant en haut dans la direction du bord externe de l'os, un peu en avant toutefois. Cette incision doit être seulement cutanée, afin de ménager la branche dorsale du nerf radial qui se trouve dans cette direction. On l'éloigne avec des crochets mousses, si on le rencontre sur le trajet de l'incision. L'aponévrose incisée, on a sous les yeux les tendons des court extenseur et long abducteur du pouce qu'on rejette sur la face dorsale. Les tendons sont contenus dans une coulisse spéciale.

On n'a qu'à exciser la gaîne et à écarter les tendons pour apercevoir l'attache du long supinateur. On incise alors le périoste du radius sur la longueur voulue en dehors du tendon du long supinateur et parallèlement à ce tendon.

Deuxième temps. — Dénudation de l'os. — Au moyen d'une rugine droite et tranchante, on détache le tendon du long supinateur avec le périoste du radius, de manière que le tendon se continue toujours avec la gaîne périostique. On dénude ainsi l'extrémité inférieure du radius en écartant le périoste et la capsule. L'articulation étant ouverte, on fléchit la main sur le côté cubital. A mesure que l'articulation s'entr'ouvre, par ce mouvement, on détache toutes les parties fibreuses qui résistent. On peut alors (et dans l'état pathologique c'est encore plus facile que sur une articulation saine), on peut, sans autre incision, dénuder le cubitus en renversant la main sur le côté cubital.

La dénudation s'opère de bas en haut, en repoussant les parties molles en haut. Si cette luxation est rendue difficile par des adhérences imprévues ou un obstacle quelconque, on fait une seconde incision le long du cubitus et l'on dénude cet os séparément.

Troisième temps. — Section des os de l'avant-bras et extraction successive des os du carpe. — Dans le cas où on ne veut réséquer que le radius, on sectionne cet os à la hauteur voulue, on le saisit avec le davier pour le renverser de haut en bas et on désarticule ensuite. Mais si l'on procède comme nous l'avons indiqué plus haut, c'est-à-dire par le renversement forcé de la main, on scie à découvert les parties dénudées du radius et du cubitus. Pour enlever le carpe, on exagère ce retournement de la main, de manière à faire saillir la première rangée en dehors des chairs, et l'on enlève successivement chaque os avec une gouge ou un davier. Sur le cadavre, on peut dénuder les deux rangées en masse, et alors les enlever en faisant la désarticulation carpo-métacarpienne.

Le procédé à une seule incision dorsale, de Maisonneuve, donne peu de facilité pour la résection. Ceux dans lesquels on fait une incision en dehors sont préférables, ainsi que les procédés à deux incisions latérales, ces dernières étant prolongées suffisamment bas.

Celui de Bœckel offre de sérieux avantages.

Quant aux procédés à lambeaux, ils doivent, ce me semble, être laissés de côté, car ils ne donnent de grandes facilités pour l'opération qu'à la condition de sacrifier les tendons, et c'est ce qui doit être évité à tout prix. Il est permis de sacrifier les tendons moteurs de la main, puisqu'on ne peut guère espérer la voir jouir de quelque mobilité, mais on doit respecter ceux qui agissent sur les doigts. Bœckel a proposé, il est vrai, de suturer les tendons divisés, mais la suture en pareil cas ne doit inspirer que très-peu de confiance.

Les procédés que nous avons décrits pour la résection totale sont applicables *a fortiori* lorsqu'on ne veut enlever que l'extrémité inférieure des os de l'avant-bras.

Si l'on ne veut réséquer que l'un des deux os, une seule incision du côté correspondant est suffisante. Conserver le périoste des os de l'avant-bras n'a ici qu'une bien mince importance, car le périoste manque au niveau des gouttières tendineuses, et on ne peut par conséquent jamais avoir qu'un étui périostal bien incomplet.

Pour enlever un ou plusieurs os du carpe, Syme recommande une incision cruciale, tandis que Ried préconise une incision longitudinale.

RÉSECTION

DES ARTICULATIONS DU MEMBRE INFÉRIEUR

RÉSECTION DE LA HANCHE

Étroitement embrassée par la cavité cotyloïde bordée du bourrelet cotyloïdien, la tête fémorale est maintenue dans sa position par la capsule et les ligaments qui la doublent, les muscles ambiants et la pression atmosphérique, comme le démontre l'expérience si connue des frères Weber ; le ligament rond inter-articulaire permet, au contraire, un écartement notable entre les surfaces. Le point où l'articulation est le plus superficiellement placée est, sans contredit, en avant, au niveau de la partie inférieure de la région inguinale ; mais là en revanche, se trouvent des organes importants et qu'il faut à tout prix ménager, le nerf crural et surtout les vaisseaux fémoraux.

Aussi n'est-ce pas par la partie antérieure, mais bien par le côté externe, que, dans la résection, on arrive sur l'article.

De ce côté, la tête du fémur est évidemment plus profonde, mais elle n'est séparée de la peau que par des muscles, des

vaisseaux et des nerfs peu importants, des parties en un mot
dont la lésion n'offre pas de graves inconvénients.

PROCÉDÉS A UNE SEULE INCISION RECTILIGNE.

Charles White (de Manchester) a proposé une seule incision
sur le côté externe de l'article, et Antony White (de l'hôpital
Westminter, à Londres) a fait une incision analogue étendue
de un pouce au-dessus de la tête fémorale à deux pouces au-
dessous.

Syme faisait aussi une incision longitudinale externe, mais
la plaçait un peu en arrière du trochanter.

Roux, dans un cas de luxation de la tête en arrière, pratiqua entre elle et le grand trochanter et perpendiculairement
au col une incision de trois pouces, suivant la direction des
fibres du grand fessier, c'est-à-dire oblique en bas et en
avant et concave du côté de la cuisse fléchie. L'extension de
la cuisse la rendit rectiligne.

Roser a proposé une section transversale comprenant le
tenseur du fascia lata, le muscle droit, le couturier et une
partie de l'iliaque.

INCISION EN LIGNE BRISÉE.

O. Heyfelder recommande le procédé suivant : commencer
l'incision à cinq centimètres au-dessus et en arrière du grand
trochanter, la diriger obliquement vers cet os en restant parallèle aux fibres du grand fessier ; puis le contourner par une
courbe à concavité antérieure et la diriger de nouveau un peu
en bas et en arrière. On arrive ainsi sur la ligne âpre du
fémur.

INCISION COURBE.

Billroth, Fergusson, Fock, emploient une incision semi-elliptique commençant à deux ou trois centimètres au-dessous de l'épine iliaque antéro-supérieure et contournant en arrière

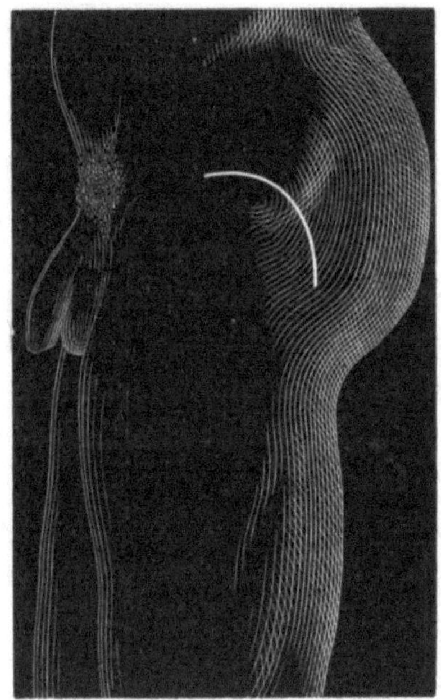

Fig. 15. — Procédé da Billroth, Fergusson, Fock, Chassaignac et Guérin.

le grand trochanter dont elle reste toujours éloignée d'un ou deux travers de doigt suivant l'âge du sujet.

Chassaignac et Guérin suivent un procédé analogue.

Textor fait en avant du grand trochanter une incision légèrement courbe.

PROCÉDÉS A LAMBEAU.

Un seul lambeau.

Erichsen fait un lambeau triangulaire intercepté par deux incisions, l'une, longitudinale, commençant un peu au-dessus du grand trochanter, passant au-devant de cette apophyse et descendant plus ou moins selon le développement et l'âge du sujet, et la seconde transversale, croisant le grand trochanter.

La première incision ne doit pas être faite trop en avant du trochanter, de peur de léser, non pas l'artère fémorale ni le nerf crural, mais bien quelque rameau de la circonflexe externe. Il ne faut pas non plus aller trop loin en arrière de peur de blesser le nerf sciatique.

Rossi pratiquait un procédé analogue ; seulement la branche longitudinale de son incision, au lieu de se trouver en avant du trochanter, passait derrière cette éminence.

Textor découvrait le côté externe de l'articulation au moyen de deux incisions circonscrivant un lambeau triangulaire à base inférieure et à sommet très-aigu.

Jœger et Ried formaient le même lambeau, mais avec un angle plus obtus.

Percy faisait un lambeau carré à base postérieure.

Velpeau a proposé de tailler un lambeau semi-lunaire à convexité inférieure allant de l'épine iliaque antéro-supérieure à la tubérosité sciatique.

PROCÉDÉS A LAMBEAUX MULTIPLES.

Smith pratiquait une incision en T dont la branche longitudinale passait sur le grand trochanter et dont la branche transversale correspondait à la partie inférieure de la première.

J. F. Heyfelder a suivi un procédé analogue.

. Fergusson et Seutin faisaient une incision cruciale.

Lorsqu'il s'est produit une luxation spontanée, cette luxation ayant presque toujours lieu sur la fosse iliaque externe, et le grand trochanter répondant généralement alors au niveau de la cavité cotyloïde, on peut inciser directement sur cette éminence.

La capsule mise à nu et divisée, deux méthodes se présentent pour enlever l'extrémité supérieure du fémur ; l'une consiste à sectionner l'os au-dessous de la portion malade avec une scie appropriée ou avec les cisailles de Liston, si faire se peut, et à désarticuler ensuite en saisissant la partie supérieure du fémur à l'aide d'un davier.

Dans l'autre, on luxe le fémur et on retranche ensuite la partie malade. Pour luxer, je recommanderai la manœuvre suivante :

La cuisse étant dans la flexion et l'adduction et la jambe étant fléchie sur la cuisse, on saisit d'une main le pied que l'on porte en dehors, tandis que de l'autre on pousse fortement le genou en dedans.

On enlève, suivant les cas, une portion plus ou moins considérable de l'extrémité supérieure du fémur. J'ai pour ma part, réséqué sur un blessé la tête et le col fémoral qui avaient été brisés par une balle, plus la portion trochantérienne de l'os qui s'était nécrosée. Le malade a parfaitement guéri.

Du côté de l'os iliaque, il ne faut pas hésiter à cautériser, à ruginer, à abraser, à enlever en un mot les portions malades.

Dans certaines circonstances, on a, en agissant ainsi, perforé le fond de la cavité cotyloïde, ce qui n'a pas nui au succès de l'opération.

Dans un cas, Sayre, après avoir coupé la tête du fémur au
niveau de son col et enlevé avec des cisailles la partie supérieure de l'acetabulum, reséqua l'épine iliaque antéro-supérieure et le bord antérieur de la crête iliaque. Le résultat fut
des plus heureux.

PROCÉDÉ D'OLLIER.

Premier temps. — Incision cutanée et intermusculaire. —
Le sujet étant couché sur le côté opposé à la résection, et la
cuisse légèrement fléchie sur le bassin (135°), on fait une
incision partant de quatre travers de doigt au-dessous de la
crête iliaque, et à égale distance en arrière de l'épine iliaque
antérieure et supérieure. Cette incision se dirige en bas et un
peu en avant, dans la direction des fibres du moyen fessier,
jusqu'à la partie saillante du grand trochanter. L'incision doit
changer alors de direction et se continuer en avant et en bas,
dans l'axe de la diaphyse du fémur. On fait la première partie de l'incision plus ou moins antérieure, selon qu'on veut
plus ou moins ménager l'attache trochantérienne des fibres
supérieures du grand fessier.

Plus l'incision sera postérieure, plus l'écoulement du pus
sera facile. Mais comme la seconde partie de l'incision sera
favorable pour cet écoulement, on ne devra pas trop s'en préoccuper.

Deuxième temps. — Dénudation du trochanter et du col du
fémur. — La lèvre postérieure de la plaie contenant le grand
fessier est écartée avec de larges crochets mousses ; on repousse
avec la rugine le tendon du grand fessier en arrière, et le
moyen fessier est à découvert. Il faut traverser ce muscle par
une incision longitudinale, qui écarte les fibres en les disso-
ciant, sans les couper. Cette incision permet de rejeter de

chaque côté la moitié du moyen fessier, et de conserver ses attaches au périoste trochantérien.

On incise de la même manière le petit fessier, qu'on pourrait éviter de diviser cependant, en le reportant en avant avec des crochets mousses ; la gaîne périostéo-capsulaire est alors incisée depuis le bourrelet cotyloïdien jusqu'à la cavité digitale du grand trochanter en suivant le bord supérieur du col fémoral. On continue alors la dénudation de la cavité digitale et du col du fémur, en détachant toutes les insertions tendineuses. Quand la gaîne est largement ouverte, on fait saillir la tête du fémur en arrière, on coupe le ligament rond; on luxe la tête de plus en plus, et l'on dénude de haut en bas la face inférieure du col, le petit trochanter, etc.

La division longitudinale des moyen et petit fessiers n'expose pas à la formation d'une boutonnière contractile empêchant l'écoulement du pus, parce que la gaîne périostique reste ouverte à sa partie déclive.

Troisième temps. — Section de l'os. — L'os faisant saillie, on le coupe commodément avec une scie à chaîne ou à manche fixe, sur le plan où s'est arrêtée la dissection du périoste.

D'une façon générale, je dirai, comme Lefort, que toutes les incisions faites directement sur le grand trochanter sont mauvaises, quelle que soit leur disposition ; elles ne rapprochent pas suffisamment de l'articulation.

L'incision de Roser ne donne pas assez de jour. Le lambeau de Velpeau est beaucoup trop étendu.

En somme, je répéterai, après Lefort, que le procédé qui me paraît le meilleur est celui de Billroth, de Fock, de Chassaignac, de Guérin.

Voici du reste les propres paroles de cet auteur : « Elle (l'incision) est suffisamment éloignée du nerf sciatique pour qu'on n'ait pas à craindre sa blessure, si toutefois on use de précautions convenables, et elle mène directement sur la partie postérieure de la capsule qu'on peut ainsi inciser directement. On coupe, il est vrai, en travers les muscles fessiers dans presque toute leur étendue, ainsi que les attaches fémorales des muscles de la région pelvi-trochantérienne, mais cela importe peu, puisque la portion d'os à laquelle ces muscles s'insèrent devra presque toujours être enlevée dans l'opération. »

RÉSECTION DU GENOU

Constituée par le fémur, le tibia et la rotule, l'articulation du genou est très-superficiellement placée en avant et sur les côtés et n'est à ce niveau séparée de la peau par aucun organe dont la lésion présente des dangers.

Je rappellerai seulement l'existence de la bourse séreuse pré-rotulienne.

En arrière, au contraire, elle est recouverte par toutes les parties qui constituent la région du creux poplité et au nombre desquelles se trouvent les vaisseaux de ce nom et les nerfs sciatiques poplités interne et externe. L'artère est immédiatement en rapport avec le ligament postérieur de l'articulation, la veine est en dehors et en arrière de l'artère et le nerf sciatique poplité interne est lui-même postérieur et externe à la veine.

Le sciatique poplité externe se place en arrière du condyle externe, de la tête du péroné et contourne le col de cet os. Ce dernier rapport est important, car si l'on veut reséquer l'extrémité supérieure du péroné, il faut avoir bien soin d'épargner ce nerf, sous peine de condamner à la paralysie les muscles de la région antéro-externe de la jambe et de la face dorsale du pied.

PROCÉDÉS A UNE SEULE INCISION.

Langenbeck pratique sur la ligne médiane une incision commençant à cinq centimètres au-dessus de la rotule et se terminant un peu au-dessous de la tubérosité du tibia. Il a aussi recommandé une incision courbe commençant à deux travers de doigt au-dessus de la rotule, un peu en dedans de la ligne médiane et longeant ensuite le côté interne du ligament rotulien jusqu'à son extrémité inférieure.

O. Heyfelder a proposé de recourir à une incision oblique qui, commençant au niveau de la partie supérieure et externe du genou, passe au-devant de la partie inférieure de la rotule et s'arrête au côté inférieur et interne. Si cette première incision oblique ne donnait pas suffisamment de jour, on ajouterait à chaque extrémité une petite incision longitudinale se portant, la supérieure en haut, l'inférieure en bas, de façon à avoir la figure d'un Z.

Chassaignac et Larghi veulent que l'on fasse une incision verticale sur le côté externe de l'article.

Sanson et Bégin préfèrent une incision transversale au-dessous de la rotule, sauf à y ajouter ensuite des incisions verticales en haut ou en bas, si la première était insuffisante.

Fergusson a fréquemment mis en pratique cette incision transversale. Textor recommande de la faire légèrement courbe.

PROCÉDÉS A DEUX INCISIONS.

Jeffray pratiquait deux incisions longitudinales, l'une en dedans, l'autre en dehors du genou et limitait ainsi un pont formé par les parties molles de la région antérieure.

PROCÉDÉS A UN LAMBEAU.

Moreau taillait un lambeau quadrilatère à base supérieure. Voici ses propres paroles : « De chaque côté de la cuisse, entre les vastes et les fléchisseurs de la jambe, je fis une inci-

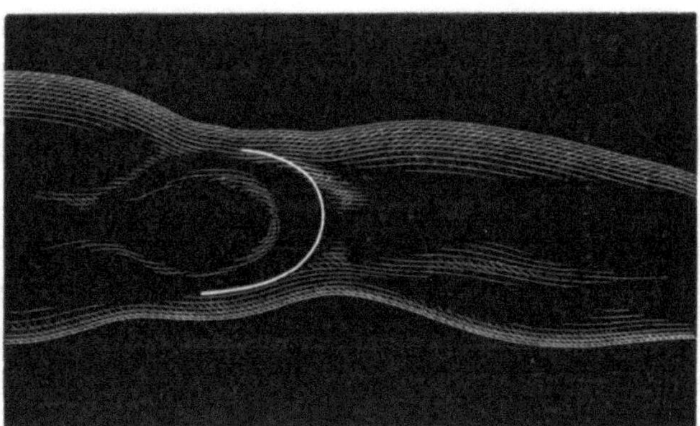

Fig. 16. — Procédé de Mackensie et de Guépratte.

sion longitudinale qui commençait au-dessus des condyles du fémur et s'étendait jusqu'à ceux du tibia en pénétrant jusqu'à l'os. Je réunis ces deux plaies en coupant transversalement la peau et les ligaments de l'article au-dessous de la rotule, etc. »

Guépratte et Mackensie ont préconisé un lambeau arrondi à base supérieure. Mackensie le faisait aller d'une tubérosité à l'autre du fémur et descendre jusqu'à celle du tibia.

PROCÉDÉS A DEUX LAMBEAUX.

Jones commença par pratiquer deux incisions longitudinales latérales, comme Moreau, mais en les prolongeant davantage à la partie inférieure ; puis il les réunit par une section transversale passant au-devant de la partie moyenne de la rotule. Il obtint ainsi une incision en H. Dans un autre cas, voulant conserver la rotule, il fit passer l'incision transversale au niveau de la tubérosité antérieure du tibia.

Fergusson fit aussi deux lambeaux analogues, l'inférieur très-petit, le supérieur beaucoup plus grand.

Verneuil a placé la section transversale au-dessus de la rotule.

Butcher veut, pour faciliter l'écoulement du pus, que l'on place les deux incisions verticales le plus postérieurement que faire se peut.

PROCÉDÉ A QUATRE LAMBEAUX.

Park faisait au-devant du genou une incision cruciale dont la branche transversale passait immédiatement au-dessus du bord supérieur de la rotule.

PROCÉDÉ AVEC EXCISION.

Syme après avoir fléchi la jambe à angle droit sur le fémur, commençait par faire une incision transversale légèrement convexe en bas, pénétrant dans l'articulation et s'étendant jusqu'aux ligaments latéraux, en passant au-dessous de la rotule.

Il réunissait alors les deux extrémités de cette incision

par une autre section convexe en haut et passant au-dessus de cet os. Il avait ainsi circonscrit une ellipse dans laquelle se trouvait comprise la rotule et qu'il excisait. Engageant ensuite la pointe du couteau entre le fémur et le tibia, en prenant garde de léser les vaisseaux, il divisait les ligaments latéraux et les ligaments inter-articulaires.

Mettant à profit, comme le dit Pénières, les solutions de continuité déjà existantes des téguments, Symond fit une incision semi-lunaire à convexité interne et Delore, une incision en L.

Les incisions terminées, on passe à la dissection des lambeaux.

Humphrey recommande avec raison de ne pas la pousser au-delà du point où l'on doit sectionner les os, pour éviter une nécrose consécutive.

Avant d'aller plus avant dans la description du manuel opératoire, il faut savoir si la rotule doit être enlevée ou conservée. Le doute ne peut exister bien entendu que pour les cas où cet os n'est point malade, car s'il l'est, il va sans dire que la nécessité de son ablation est évidente.

Or l'expérience a prononcé aujourd'hui. Laisser en place une rotule saine, c'est retarder la guérison, s'exposer à l'inflammation chronique de la bourse séreuse pré-rotulienne et aux fistules résultant de la carie de cet os qui se forment à son niveau, et, ce qui est autrement grave, c'est multiplier les chances d'amputation secondaire. Quant à l'argument tiré de l'utilité de la conservation de la rotule pour le rétablissement des mouvements, c'est une éventualité qui se réalise trop rarement pour qu'on doive en tenir compte. Nous concluons donc à l'ablation de la rotule.

Cet os enlevé, le chirurgien faisant fléchir la jambe sur la cuisse divise les ligaments latéraux et les ligaments croisés.

puis il fait saillir et dégage les condyles fémoraux, à moins que, redoutant une lésion étendue du tibia susceptible de nécessiter l'amputation, il juge convenable de commencer par cet os.

Bref, normalement on agit d'abord sur le fémur dont on resèque, suivant les cas, une partie plus ou moins étendue, à l'aide de la scie à chaîne, de la scie de Butcher ou de toute autre appropriée à la circonstance ou même de la scie ordinaire.

Dans ce dernier cas, il faut avoir soin de protéger les vaisseaux à l'aide de la sonde de Blandin ou d'une petite attelle; on peut encore arrêter la scie avant d'avoir complétement sectionné l'os en arrière, et conserver une lamelle osseuse que l'on enlève avec un ciseau.

La surface de section doit présenter une inclinaison analogue à celle qu'offre normalement l'extrémité inférieure de l'os; on sait que le condyle interne descend plus bas que l'externe. La surface de section doit donc être, non pas perpendiculaire à la diaphyse fémorale, mais oblique en bas et en dedans; sinon, après la guérison, il existerait au niveau du genou un angle à sinus interne.

On fait ensuite la section de l'extrémité supérieure du tibia et, s'il y a lieu, celle de la portion correspondante du péroné.

La surface de section de ces deux derniers os doit être perpendiculaire à la diaphyse. Heyfelder recommande d'exciser le moins possible des extrémités articulaires, d'abord pour avoir un raccourcissement moindre, ensuite pour que les surfaces de section soient plus larges et se réunissent plus solidement, et enfin pour éviter d'ouvrir la cavité médullaire.

Billroth a proposé, dans certaines circonstances, de scier les deux ou les trois os suivant une direction oblique à la diaphyse, mais toujours de façon à avoir des surfaces de section parallèles entre elles. Le procédé est applicable aux cas où la lésion s'étend davantage sur un côté que sur l'autre, et il permet d'opérer dans des circonstances où la section transversale entraînerait un raccourcissement tel, que la résection serait impraticable ; il a l'inconvénient d'exposer au chevauchement.

Quant à la proposition de Manne, d'enlever d'un bloc les extrémités du fémur et du tibia, elle est à peu près inacceptable, ne fût-ce qu'à cause de la difficulté de la manœuvre.

Le ligament postérieur de l'articulation doit, autant que possible, être respecté. Il y a pour cela, en effet, une double raison : d'une part il maintient les os, et de l'autre, il forme une barrière entre le foyer de la suppuration et les vaisseaux, et met ainsi à l'abri de la phlébite la veine poplitée. Il faut avoir soin d'exciser les fongosités et les débris de la synoviale.

Quelques chirurgiens, Richet entre autres, afin d'obtenir une immobilité plus complète, ont pratiqué, après l'opération, la suture des os au moyen de fils métalliques.

PROCÉDÉ D'OLLIER.

Premier temps. — Incision de la peau sur le côté externe de l'articulation, à direction sinueuse. — La jambe étant un peu fléchie sur la cuisse, on fait sur la face externe de cette dernière, à trois travers de doigt au-dessus de la rotule, une incision commençant au niveau de la bandelette tendineuse du fascia-lata, et se dirigeant dans le sens des fibres de la portion externe du triceps, vers l'angle supérieur de la rotule. Elle côtoie ensuite le bord externe de l'os, et vient rejoindre le ligament rotulien, dont elle longe le bord externe. Il est important qu'elle dépasse en bas l'implantation de ce ligament pour faciliter la luxation de la rotule en dedans.

En faisant partir l'incision d'un point plus antérieur, on

facilitera l'opération dans son second temps ; mais en commençant plus en arrière, on aura l'avantage de donner plus de déclivité à l'ouverture et de favoriser l'écoulement du pus. Quelle que soit la variété de l'incision adoptée, on peut pénétrer du même coup dans la capsule.

Deuxième temps. — Dénudation de l'os ; luxation de la rotule en dedans. — Avec la rugine, on dénude d'abord le condyle externe du fémur, en détachant l'insertion du ligament latéral externe, puis l'insertion du jumeau externe. On reprend ensuite la lèvre antérieure de la plaie capsulo-périostique, et l'on dénude la partie antérieure du fémur. Puis, on fait bâiller l'articulation ; on sectionne les ligaments croisés, et on luxe la rotule en dedans avec de forts crochets mousses. Sur certains sujets, la saillie du condyle interne rend cette luxation difficile ; aussi, quand le condyle interne est volumineux et trop saillant en avant, faisons-nous l'incision intermusculaire, non pas en dehors, mais en avant, à 15 millimètres de la ligne médiane, entre la partie externe du triceps et le tendon de la portion moyenne ; nous y joignons alors une petite incision perpendiculaire de dégagement en dehors. Le fémur luxé et la jambe repliée en arrière et en dedans, on dégage les insertions ligamenteuses et capsulaires en repoussant en haut la gaîne capsulo-périostique.

Troisième temps. — Section du fémur ; dénudation du tibia, section du tibia. — On se conduit ici d'après les règles générales ; rien de spécial.

Les procédés à une seule incision, quel qu'en soit le siége, ne donnent pas suffisamment de liberté pour la manœuvre ultérieure. J'en dirai à peu près autant de la double incision latérale de Jeffray.

Faire deux lambeaux et a fortiori en faire quatre, me paraît au moins inutile.

L'excision de Syme ne donne pas pour la manœuvre opératoire autant de facilité qu'on se le figure, et, en outre, elle expose à laisser les os à découvert.

En somme, ce qui me paraît préférable, c'est un lambeau unique, et surtout le lambeau arrondi de Guépratte et de Mackensie.

RÉSECTION DU COU-DE-PIED

Constituée par la mortaise formée par la réunion du tibia et du péroné et dans laquelle est reçue l'astragale, maintenue par des ligaments latéraux très-forts, l'articulation tibio-tarsienne est superficielle sur les côtés, tandis qu'en avant et en arrière elle est recouverte par des parties molles assez épaisses et côtoyée par des vaisseaux et des nerfs importants.

PROCÉDÉS A UNE SEULE INCISION.

J. F. Heyfelder faisait une incision transversale antérieure, passant sur le cou-de-pied. La division des tendons qui a été pratiquée dans ce procédé et dans d'autres que je signalerai tout à l'heure, n'a rien de nécessaire. On peut ne diviser que la peau et écarter ensuite les tendons.

Textor fils et Wakley ont fait une incision transversale postérieure en demi-lune, étendue entre les deux malléoles ; ils ont divisé le tendon d'Achille.

DEUX INCISIONS LONGITUDINALES.

Bourgerie et Chassaignac recommandent deux incisions longitudinales, l'une parallèle au tibia, l'autre au péroné.

Le premier de ces auteurs leur donnait une longueur de sept à neuf centimètres et leur faisait dépasser un peu les malléoles.

PROCÉDÉS A UN LAMBEAU.

Hussey a taillé un lambeau semi-lunaire antérieur à base supérieure, et Bœckel l'a fait quadrilatère.

DEUX LAMBEAUX.

Moreau pratiquait de chaque côté de la jambe deux inci-sions; l'une d'elles, longitudinale, remontait du sommet de la malléole à trois ou quatre pouces plus haut, tandis que l'au-tre, partant transversalement du même sommet, s'arrêtait en avant à l'insertion du jambier antérieur pour le côté interne et à celle du péronier antérieur en dehors. Il commençait par la dissection du lambeau externe.

Le procédé de Roux est analogue à celui de Moreau pour la section des parties molles.

Velpeau qui, pour réséquer isolément l'extrémité infé-rieure d'un des deux os de la jambe, conseille de découvrir la malléole malade à l'aide d'un grand lambeau semi-lunaire à bord libre dirigé en haut et en avant, propose, pour les cas où l'on devrait réséquer les deux os, de faire deux lam-beaux pareils.

L'ablation des portions d'os malades doit porter sur les

deux os de la jambe et quelquefois sur l'astragale, qu'il faut, dans certains cas, enlever en totalité. La manière de procéder varie naturellement suivant le mode de section que l'on a adopté pour les parties molles.

Moreau, après avoir isolé le péroné, le coupait avec une gouge et un maillet de plomb, puis le renversait en bas et en

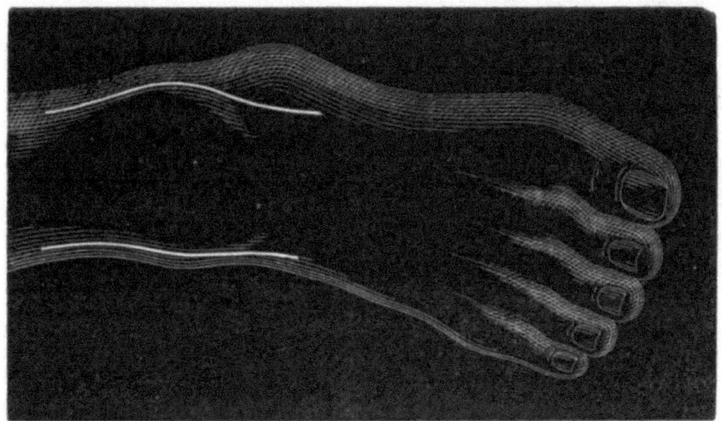

Fig. 17. — Procédé de Moreau.

dehors et le désarticulait; il sciait ensuite le tibia avec une scie à lame étroite, le renversait et l'enlevait.

Heyfelder a enlevé simultanément l'extrémité inférieure des deux os de la jambe en les sectionnant à l'aide d'une scie ordinaire.

Quand on fait deux incisions longitudinales, on scie les os isolément en commençant par le péroné, et se servant de la scie à chaîne ou de toute autre appropriée. On désarticule ensuite la portion à enlever.

Jœger conseille, ce qui paraît moins commode, de pénétrer dans l'article, de désarticuler le péroné, puis de le scier, et, cela fait, de passer au tibia.

La portion malade de l'astragale est attaquée avec la gouge ou enlevée avec la scie. Si cela paraît nécessaire, on enlève cet os en totalité.

Pélikan scie les os obliquement, comme le fait Billroth au genou.

Le plan de section est oblique en bas et en arrière ou en bas et en avant, suivant que l'altération est plus étendue en avant ou en arrière.

Si l'astragale est conservé, sa surface de section doit être parallèle à celle des os de la jambe.

Je n'insiste pas ici sur les cas où on veut n'enlever que l'un des os qui concourent à former l'articulation. On n'aura qu'à choisir, parmi les procédés que j'ai exposés, celui qui s'applique le mieux au cas en question.

PROCÉDÉ D'OLLIER.

Premier temps. — Incision de la peau et de la gaîne périostique sur l'un ou l'autre côté ou les deux côtés à la fois, suivant qu'on veut retrancher un seul os ou les deux os. — L'incision commence à sept ou huit centimètres au-dessus de la malléole et se termine à un centimètre au-dessous de la pointe. Petite incision perpendiculaire de dégagement en haut et en bas. Avec la rugine on détache le tendon, on décolle le périoste et l'on dénude la malléole, de manière à détacher tout le tissu ligamenteux qui s'y insère. Pour détacher le périoste aussi loin que possible sur les faces interne et externe du tibia, il faut que l'incision de dégagement porte en haut sur cette membrane.

Deuxième temps. — Passage de la sonde-rugine et section du tibia. — Le périoste décollé, on passe la sonde-rugine courbe autour du tibia, et dans la sonde-rugine la scie à chaîne avec laquelle on sectionnera l'os. On saisit ensuite le haut du tibia avec un fort davier, on dénude sa face postérieure et la partie de la face externe qui n'avait pas été complétement accessible à l'instrument. On achève de le luxer et on l'extrait. Pour le péroné, on se comporte de la même manière.

Le mode de section des parties molles qui me paraît le meilleur est celui de Roux et de Moreau. Un lambeau antérieur, en ayant soin d'épargner les tendons, est aussi assez avantageux. La manière d'attaquer les os varie, je l'ai déjà dit, suivant la nature de la division des parties molles.

TABLE DES MATIÈRES

PARIS. — IMP. SIMON RAÇON ET COMP., RUE D'ERFURTH, 1.